Neon Fates
Chris, Kai & John

**Für mich. Weil ich mich hochgekämpft habe, trotz
aller Widrigkeiten.**

Lillith Windprincess

Neon Fates

Chris, Kai & John

Bibliografische Information der Deutschen Nationalbibliothek:
Die Deutsche Nationalbibliothek verzeichnet diese
Publikation in der Deutschen Nationalbibliografie;
detaillierte bibliografische Daten sind im Internet über
http://dnb.dnb.de abrufbar.

Covergestaltung: **NH-Buchdesign, Nina Hirschlehner**
Lektorat: **Wortkosmos, Sarah Nierwitzki**
Korektorat: **Wortkosmos, Sarah Nierwitzki**

Herstellung und Verlag: BoD – Books on Demand,
Norderstedt

ISBN: 978-3-7526-8826-9

Vor nun gut vier Monaten hatte ich in meinem Stammclub, dem NEON LIGHTS, diese zwei wirklich gutaussehenden Typen kennengelernt. John und Kai. Sie waren neu in der Stadt und arbeiteten als Tänzer und Anheizer im Club.

Verdammt! Und wie heiß die beiden waren, schoss es mir direkt durch den Kopf, während deutliche Erinnerungen an sie vor meinem inneren Auge aufflimmerten.

John mit seinen etwas längeren rotgefärbten Haaren, die ihm wild vom Kopf abstanden. Den grauen Augen, die einen leicht schelmischen Ausdruck innehatten, und den sinnlichen Lippen, auf denen die ganze Zeit so ein verführerisches Lächeln lag. Seinem schlanken, aber trotzdem muskulösen Körper, der sich im Club so aufreizend an mich geschmiegt hatte, während wir getanzt hatten. Hinzu kamen seine Hände, die mich so geschickt berührt und doch nur so wenig getan hatten. Es war absurd gewesen.

Kai hingegen war zurückhaltender, doch nicht weniger anziehend. Seine Haare waren dunkelgrün gefärbt und er trug sie in einem gepflegten Iro, der an seinem Hinterkopf in einen längeren geflochtenen Zopf überging. An den kurzgeschorenen Seiten waren je drei blitzförmige Streifen, die ihm einen verwegenen Look verliehen. Seine hellen braunen Augen lagen in einem markanten Gesicht, dessen Ausdruck ich nie richtig deuten konnte, und sein breiter mit Muskeln gespickter Körper versprühte reinen Sex, wenn er sich bewegte.

Bei den Gedanken an die beiden, lief mir ein Schauer über den Rücken, der direkt in meiner unteren Körperhälfte mündete.

„Verdammt", fluchte ich unterdrückt und schob die Bilder in meinem Kopf beiseite. Ich durfte hier jetzt keinen Ständer bekommen. Das konnte ich mir nicht leisten, immerhin war ich auf der Arbeit.

Seufzend konzentrierte ich mich wieder auf meinen Bildschirm. Drei Stunden würde ich mich noch mit den Tabellen und Zahlen der letzten Konferenz beschäftigen. Alles ordnen und hübsch verpacken, bevor ich es an meinen Abteilungsleiter schicken und in den Feierabend verschwinden konnte. Drei verdammte Stunden auf diesem unbequemen Bürostuhl.

Schöne Scheiße!

Normalerweise hatte ich keine Probleme mit meinem Job als Sachbearbeiter. Ganz im Gegenteil, ich mochte ihn sogar, doch es gab Tage, da musste ich mich aus dem Bett quälen, um herzukommen. Lieber wäre es mir, statt auf der Arbeit, im Club zu sein – zusammen mit John und Kai, die nichts gegen Spaß zu dritt hatten.

Es war mir ein Rätsel, warum es mich so anturnte, wenn ich an die beiden Männer dachte. Eigentlich hielt ich mich nicht für den Typ Mann, der auf wilde Spielereien stand. Mir reichte guter Sex mit einer Person.

Sicher, ich hatte schon mal über einen Dreier nachgedacht, mich gefragt, wie es wäre, mit zwei Männern gleichzeitig Sex zu haben. Es war nicht so, dass ich nicht neugierig war. Allerdings hatte sich auch noch nie die Möglichkeit dazu ergeben. Meine bisherigen Partner waren nie zu so etwas bereit gewesen, waren sogar zum Teil erzürnt über die simple Frage gewesen und mit mir vollkommen Fremden wollte ich so ein Experiment nicht wagen. Unverbindlicher Sex war in

Ordnung, dennoch musste für mich immer ein gewisses Vertrauensverhältnis bestehen, damit ich Sex haben konnte. Mochte sein, dass mir dadurch einiges an gutem Sex durch die Lappen ging, aber damit konnte ich leben.

Doch John und Kai übten eine Faszination auf mich aus, die ich nie zuvor erlebt hatte. Wenn ich sie im Club traf, schienen sie nie ein Problem an ein bisschen Spaß zu dritt zu haben, sie gingen auf Flirts ein und wurden sogar relativ intim mit mir und miteinander. Vor allem für solch einen öffentlichen Ort wie dem NEON LIGHTS.

Sicher konnte ich mir das alles auch nur einbilden. Möglich das ich einfach nur untervögelt war und deshalb schon halluzinierte.

Ach scheiße! Ich muss wirklich damit aufhören, darüber nachzudenken.

Ein Blick auf die Uhr sagte mir, dass kaum zwei Minuten vergangen waren und ich immer noch drei Stunden vor dem blöden PC sitzen musste.

Am besten wäre eine kurze Pause mit einem Kaffee oder besser einem Wasser, um mir die Beine zu vertreten. Dann würde ich mich mit neuem Elan wieder an diese verdammten Tabellen setzen – und endlich John und Kai aus meinen Gedanken vertreiben.

Ja, als ob, dachte ich sarkastisch und stand auf, um mir das Wasser zu holen. Kurz streckte ich meine steifen Glieder und setzte mich dann durch das Großraumbüro in Bewegung.

In der Teeküche schielte ich zur Kaffeemaschine, ließ sie aber links liegen. Ich war ohnehin schon so aufgedreht, das würde ein Kaffee nicht verbessern, also öffnete ich den Kühlschrank und nahm mir eine Flasche Wasser heraus. Einen Moment lang lehnte ich mich an den runden Tisch in der Mitte des Raumes, drehte den Verschluss der Wasserflasche ab und setzte sie an meine Lippen.

Das Vibrieren meines Handys in der Hosentasche ließ mich innehalten. Neugierig zog ich es mit der freien Hand heraus, schielte auf das aufleuchtende Display und trank dabei.

Eine Nachricht von John wurde angezeigt.

Sofort schlug mein Herz in einem schnelleren Takt, während ich sie öffnete.

John
Hey Chrissy. Na? Heute Abend wieder im Neon Lights?

Mehr stand dort nicht und doch ließ es mich voller Vorfreude meine Antwort tippen.

Ich
Hey, ja. Wollte nach der Arbeit nur kurz nach Hause, duschen und dann direkt in den Club.

John
Gut, dann sehen wir uns da ;)

Die Antwort war so prompt eingegangen, ich konnte nicht verhindern, dass mir ein Lächeln über das Gesicht huschte. Selbst der Gedanke an die drei Stunden, die ich noch vor meinem PC verbringen musste, war plötzlich nur noch halb so schlimm, als ich zu meinem Arbeitsplatz zurückging.

Ich hatte es zum Schluss kaum mehr auf der Arbeit ausgehalten. Hatte meinen Bericht wegen unnötiger Fehler zwei weitere Male ändern müssen, weil ich mit dem Kopf schon in meiner Wohnung gewesen war und darüber nachgedacht hatte, was ich für den Clubbesuch anziehen würde. Glücklicherweise hat es mein Abteilungsleiter mit Humor genommen.

Endlich zu Hause, war ich bereits im Flur aus meinen Klamotten gestiegen und direkt unter die Dusche verschwunden. Ich wollte keine Zeit mehr verlieren und schnellstmöglich in den Club.

Nur eine Stunde später kam ich an. Die Nacht hatte noch nicht einmal richtig begonnen und trotzdem wartete schon eine kleine Schlange vor dem Eingang darauf, dass sie eingelassen wurde. Zum Glück hatte ich eine VIP-Karte und kannte inzwischen die Türsteher, sodass ich nicht warten musste, um in den Club zu kommen.

Wie immer war ich völlig überwältigt von den vielen Menschen, die sich bereits in den frühen Abendstunden auf der Tanzfläche bewegten.

Das NEON LIGHTS machte seinem Namen wie üblich alle Ehre. Überall erstrahlten bunte Neonlichter und tauchten den sonst eher dunklen Club in ein surreales Licht.

Ich drückte mich aufgeregt durch die tanzende Menschenmasse in Richtung Bar, in der Hoffnung, dort auf John und Kai zu treffen. Es wäre sinnvoll gewesen, einen Treffpunkt mit den beiden abgesprochen zu haben, doch jetzt war es dafür zu spät. Bei den wummernden Bässen der Musik, die mir wie ein zweiter Herzschlag durch den Körper fuhren, würde sowieso niemand sein Handy hören. Die Bar war also vorerst die beste Anlaufstelle. Ich könnte alles überblicken und die beiden Männer eventuell schneller ausmachen. Unter Umständen hatte einer der Barkeeper sie vielleicht schon gesehen.

„Hey, Chris. Schon wieder hier?", wurde ich lachend nach ein paar Minuten an der Bar von Luke begrüßt, einem der Stamm-Barkeeper im Club. „Warst du nicht erst gestern da?"

Ich grinste ihn an. „Du bist doch auch hier."

„Ich gehöre ja auch zum Inventar im Gegensatz zu dir. Was kann ich dir bringen?"

„Überrasch mich."

Der Barkeeper neigte lächelnd seinen dunklen Haarschopf, bevor er die Hände an einem Tuch abwischte, das an seiner Schürze hing, und sich ein paar Flaschen nahm. Gekonnt mischte er verschiedenste Flüssigkeiten in einem der Cocktail-Shaker zusammen, scheinbar völlig ohne Rezept – oder er war so gut und hatte es im Kopf. Nachdem er Eis hinzugegeben hatte, stülpte er den Deckel auf den Shaker und schüttelte den Inhalt durch.

Ich sah ihm fasziniert zu, wie er das rötliche Getränk kurze Zeit später in ein Glas füllte und es vor mir abstellte.

„Bitteschön, Süßer." Er lehnte sich ein Stück über die Theke und sah mich mit einem verführerischen Blick an.

„Herzlichen Dank", erwiderte ich, ging aber nicht auf den offensichtlichen Flirt ein. Ich hatte ein anderes Ziel. „Du sag mal ... hast du John und Kai heute schon gesehen?"

Der Barkeeper lehnte sich wieder zurück, strich sich übers Kinn, als müsse er über seine Antwort nachdenken. „So weit ich weiß, hat John vorhin seine Schicht beendet und ist in den VIP-Bereich verschwunden. Den anderen habe ich heute noch nicht gesehen." Irgendwie wirkte er nicht begeistert von den beiden, was ich überhaupt nicht nachvollziehen konnte. Allein der Gedanke an John und Kai ließ meinen Bauch voller Vorfreude kribbeln.

„Ah, okay. Danke."

„Soll ich mal nachfragen, ob er noch da ist?"

„Nein, nein. Ist schon in Ordnung. Danke dir." Winkend verabschiedete ich mich, stieß mich von der Bar ab und steuerte mit meinem Getränk in Richtung der Absperrung des VIP-Bereichs.

Luke hat also nur John gesehen?, fragte ich mich. *Kai ist nicht da?* Aber das würde ich hoffentlich gleich herausfinden. Ich grüßte den Securitymann an der Absperrung und zeigte ihm meine VIP-Karte, um eingelassen zu werden. Er trat einen Schritt beiseite und ließ mich passieren. Ich eilte die Treppe hinauf und sah mich oben angekommen auf der Etage um. Hier war es deutlich leerer und etwas ruhiger als unten. Außerdem war die Tanzfläche kleiner und von gemütlichen roten Sofas gesäumt, die zum Teil besetzt waren.

Mein Blick glitt über die Anwesenden, während ich weiter durch den Raum schritt, bis mir ein roter Haarschopf ins Auge fiel. John.

Er saß auf einer Couch, eine junge Frau neben ihm, die wie gebannt an seinen Lippen hing.

John trug ein enganliegendes hellblaues Shirt, darüber eine schwarze Jacke und dazu eine weiße Jeans, die seine langen übereinandergeschlagenen Beine perfekt betonte.

Sofort lief mir das Wasser im Mund zusammen, als
ich dabei zusah, wie John sich streckte, wobei das
Shirt ein Stück nach oben rutschte und ich einen Blick
auf die Haut seines trainierten Bauches erhaschte.
Zu gern würde ich einmal über diese festen Bauchmuskeln lecken und dabei zusehen, wie sie sich unter
meinen Berührungen anspannten.
Blinzelnd schob ich den Gedanken wieder beiseite
und schüttelte leicht mit dem Kopf.
*Verdammte Scheiße, ich muss mich wirklich beherr-
schen. Hier vor aller Augen einen Ständer zu bekommen, ist noch ungünstiger als auf der Arbeit an meinem Schreibtisch.*
Um mich abzulenken, sah ich mich ein weiteres Mal
um, auf der Suche nach Kai, den ich jedoch nicht ent-
decken konnte. Also setzte ich mich in Bewegung und
schlenderte zu John.
„Chrissy! Da bist du ja!", rief dieser freudig, als ich
bei ihm angekommen war, griff nach meinem Handgelenk und zog mich zu sich. Mit einem überraschten
Keuchen verlor ich das Gleichgewicht, kippte vorwärts und hatte Mühe, nicht mein Getränk zu ver-
schütten, während ich halb auf John landete.
Dieser grinste zufrieden. „Viel besser."
„Was genau soll das werden?", fragte die junge Frau
neben John. Ihre Stimme klang, als hätte sie fest damit
gerechnet ihn schon voll und ganz um den Finger
gewickelt zu haben.
Das Grinsen auf Johns Gesicht wurde etwas schwä-
cher, als er mit einer hochgezogenen Augenbraue in
ihre Richtung schaute. „Bitte was?"
„Ich habe gefragt, was das werden soll?", wiederholte
sie empört.

Ich versuchte, mich derweil etwas aufzurappeln, schaffte es immerhin, mich aufrecht auf Johns Schoß zu setzen und die Frau einer Musterung zu unterziehen. Sie war eigentlich ganz hübsch. Zumindest war sie nicht so übertrieben aufgetakelt und geschminkt wie die meisten Frauen in diesen Clubs. Ihr braunes Haar war zu einem lockeren Zopf zusammengebunden, der ihr rundes Gesicht freilegte. Lange Wimpern umrahmten ihre braunen Augen und ihre Lippen wirkten, als würde es durchaus Spaß machen, sie zu küssen. Nur waren männliche Lippen für mich viel interessanter.

Wenn Frauen auch nur irgendeinen Reiz auf mich ausgeübt hätten, wäre sie vielleicht eine Option gewesen. Doch das war nicht der Fall. Zumindest nicht auf sexueller Ebene. Der Mann, auf dessen Schoß ich hier rittlings saß ... Das war schon eine ganz andere Sache.

„Na, das ist doch wohl offensichtlich", gab John zurück und grinste wieder breiter. Dann griff er mir ans Kinn und drehte mein Gesicht zu der Frau neben sich.

„Schau ihn dir mal an. Ist er nicht zum Anbeißen?" Dabei leckte er mir einmal über das Ohr und mich durchfuhr ein Schauern.

O mein Gott, dieser Kerl bringt mich um den Verstand.

„John, lass das!", fuhr ich ihn an und drückte seine Hand von meinem Kinn, während die Frau das Gesicht verzog.

„Oh, kommt schon, das ist nicht euer Ernst", sagte sie.

„Hm? Was denn?", erwiderte John mit Unschuldsmiene.

„Das hättest du auch vorher sagen können. Dann hätte ich mir nicht die Mühe machen müssen, hier die ganze

Zeit mit dir zu flirten. Männer." Mit einem Kopfschüt-
teln stand die Braunhaarige auf und verschwand mit
wackelnden Hüften.
Einen Augenblick sah ich ihr etwas irritiert nach, bevor ich mich an John wandte.
„Was war das denn?"
Angesprochener zog nur die Schultern in einer Was-
weiß-ich-Geste nach oben und lehnte sich zurück,
wobei seine Hände sich sanft auf meine Oberschenkel
legten.
„Und wo hast du Kai gelassen?", fragte ich.
Ein Schniefen ertönte von John und seine Gesichtszü-
ge verzogen sich zu einer traurigen Grimasse. „Er hat
mich allein gelassen. Der gemeine Kerl ist für drei
Tage zu seiner Tante gefahren und ich bin ganz allein
zu Hause."
Ach so ist das.
„Ich bin echt froh, dass du heute Zeit hattest. Es ist so
langweilig allein."
„Hättest du nicht mitfahren können?"
John zog erneut seine Schultern nach oben. „Ne, ich
kann seine Tante nicht leiden. Außerdem muss doch
jemand die Stimmung hier hochhalten."
„Als wäre der Club ohne dich der absolute Stim-
mungskiller", stichelte ich grinsend und erntete dafür
einen Knuff in die Seite.
„Pfff ... Fiesling."
„Entschuldige."
„Als Entschädigung bekomme ich einen Kuss."
Scharf sog ich die Luft ein. Ich hatte schon Küsse
sowohl mit John als auch mit Kai ausgetauscht, aber
das war immer im Affekt passiert, während wir in der
Menge an Menschen eng miteinander getanzt hatten.

Ihre Hände waren über meinen Körper geglitten, ihre Münder hatten an meinem Hals gelegen, waren über meine Haut gewandert ... und dann hatten wir uns eben geküsst. Es war fast wie ein viel zu heißes Vorspiel gewesen, das bisher nie zu einem Ende geführt hatte.

Manchmal hatte ich sogar geglaubt, dass sie das als Teil ihres Jobs verstanden. Auch wenn ich nie gesehen hatte, dass sie so etwas mit jemand anderem taten. Solch eine offene Kuss-Anfrage von John brachte mich aus dem Konzept. Obwohl mir schon die Gedanken an die beiden wahnsinnig einheizten und ich es mir insgeheim wünschte, den beiden Männern näherzukommen. Gerade überforderte mich die Situation. Außerdem war Kai nicht hier. Würden wir ihn nicht irgendwie hintergehen, wenn John und ich uns nun küssten?

Meine Gedanken fuhren Achterbahn und kamen zu keinem Ergebnis, weshalb ich erst einmal einen großen Schluck von meinem Getränk nahm, das ich beinahe vergessen hatte.

Der reichlich im Getränk vorhandene Alkohol rann mir brennend die Kehle hinab, brachte aber ebenfalls keinen Entschluss. Nur einen belustigten Ausdruck auf dem Gesicht meines Gegenübers, als ich das Glas wieder absetzte.

„Was ist los? Plötzlich schüchtern?"

„Nein. Es ist nur ... du hast noch nie so offen danach gefragt."

„Hm? Waren unsere Attacken auf der Tanzfläche so subtil?", fragte er nachdenklich und legte dazu sogar die Stirn in Falten.

„Na ja ... äh ... ich dachte ... o Mann ... ich dachte, das
wäre nur, weil wir getanzt haben. Halt einfach im
Affekt oder als Teil eures Jobs." Verlegen hob ich
eine Hand und kratzte mich am Hinterkopf.
John legte den Kopf schief, musterte mich einen Mo-
ment, bevor er seine Hände meine Oberschenkel hin-
aufschob und sie dann an meiner Hüfte ruhen ließ.
Sein Griff wurde fester, zog mich enger an ihn.
„Definitiv volle Absicht, Süßer", raunte er. „Und definitiv nicht Teil unseres Jobs hier."
„Okay. Ist angekommen."
Ich wusste nicht, was ich mit dieser Information an-
fangen sollte, aber sie bescherte mir eine Gänsehaut.
Vielleicht lag es auch an Johns festem Griff an meiner
Hüfte, der mich weiter auf seinen Schoß drückte. Oder
dem intensiven Blick, mit dem John den meinen gefangen hielt, bis er sich vorbeugte und unsere Lippen
miteinander verband.
Ohne zu zögern, erwiderte ich den Kuss, seufzte ver-
zückt auf und öffnete so meine Lippen für die feucht-
heiße Zunge, die ihre Chance sofort ausnutzte und
sich in meinen Mund stahl. Sie stupste die meine an,
forderte sie zu einem Tanz auf, dessen Bewegungen
mir völlig fremd waren und die ich nur instinktiv
nachahmte.
Innerlich fluchte ich über mich selbst, weil ich noch
immer das verdammte Glas in der Hand hielt, sodass
ich nur mit der freien in die roten Haare meines Gegenübers greifen konnte, um ihn festzuhalten. Aus
Angst, er könnte jede Sekunde verschwinden und das
zwischen uns wäre nur ein Traum gewesen.

Doch das war es nicht, das wusste ich spätestens, als John sich langsam von mir löste und ein verführerischer Ausdruck auf seinem Gesicht lag.

„Ich glaube, du hast da ein Problem, Süßer", murmelte er an meinen Lippen und biss kurz in die untere.

Ich seufzte erneut, begriff aber nicht wovon, er redete. Erst als John sich unter mir bewegte und sich dabei unsere Mitten gegeneinander rieben, verstand ich, was gemeint war.

Wann zum Henker ist das denn passiert? Ich sah zwischen uns und erkannte die beiden deutlichen Beulen in unseren Hosen. Immerhin war ich hier nicht der Einzige mit einem *Problem*.

„Damit bin ich wohl nicht allein."

„Da hast du wohl recht." Er grinste frech und bewegte sich, brachte erneut Reibung auf unsere beiden Schwänze und ließ uns gleichzeitig keuchen. „Wollen wir uns darum kümmern?"

Ein erregtes Zittern schlich durch meinen Körper bei dieser neuerlichen offenen Einladung. Das schlechte Gewissen, das an mir nagte, weil Kai nicht hier war, versuchte ich zu ignorieren, als ich zögerlich nickte und endlich das verdammte Glas abstellte.

Ich wollte mich zwar nicht zwischen John und Kai drängen, hätte lieber etwas mit beiden Männern gleichzeitig gestartet, doch konnte es so falsch sein, wenn er es so offensichtlich ansprach?

Oder ist es ihm einfach egal, was sein Partner davon hält, dass er sich ohne ihn vergnügt?

Die Gedanken schoben sich in meinen Kopf, obwohl ich sie hatte verdrängen wollen. Ich konnte mich nicht dagegen wehren, auch nicht, als die Hände des Rothaarigen langsam an meinem Körper hinaufwanderten. Als dieser an meiner Brust angekommen war und durch mein Shirt über meine Nippel streichelte, hielt ich ihn davon ab, indem ich meine Hand auf seine legte.

„Warte!"

„Wieso?", wollte er wissen.

„Was ist mit Kai?"

„Der ist nicht hier. Hat er eben Pech gehabt und verpasst den ganzen Spaß. Und jetzt komm her und küss mich wieder."

Ich hätte über diese Aussage gern weiter nachgedacht, doch mir blieb keine Zeit mehr, und auch für John schien alles gesagt. Mit der Hand in meinem Nacken zog mein Gegenüber mich näher und dann hatte ich wieder weiche Lippen auf meinen und eine Zunge in meinem Mund, die verdammt gut wusste, wie sie mich abzulenken hatte.

Keine halbe Sekunde später hatte ich meine Gegenwehr aufgegeben. Jeder Gedanke an Kai war aus meinem Kopf verbannt, in dem nur noch Platz für diese unglaublichen Lippen und die Zunge war, die sich langsam zu meinem Hals vorarbeiteten. Seufzend legte ich den Kopf in den Nacken, um John den Zugang zu erleichtern, und spürte seine Hände erneut über meinen Körper wandern. Geschickt streichelten sie über meine Nippel, rieben sie solange, bis sie unter der Berührung hart wurden und glitten dann weiter auf meinen Rücken. Hielten mich fest, während John meinen Hals liebkoste, sodass ich keine Anstalten machte, zurückzuweichen. *Als wenn ich das vorhätte.* Seine Berührungen fühlten sich zu gut an.

Ich selbst hatte meine Hände in Johns Nacken gelegt, spielte dort mit den kurzen Haaren, als dieser sich von mir löste.

„Los, steh auf. Wir suchen uns ein etwas privateres Plätzchen."

„Was?" Irritiert sah ich mich um und mir wurde wieder bewusst, wo wir uns hier befanden. *In dem verdammten VIP-Bereich vom Neon Lights. So eine Scheiße! Was haben wir uns nur dabei gedacht, hier offen rumzuknutschen?* Doch zu meiner Überraschung hatten die Anwesenden Besseres zu tun, als unsere kleine Show zu bemerken. Sie unterhielten sich, tanzten oder trieben Ähnliches wie John und ich.

Glück gehabt.

Ich brauchte einen Moment, bis mein Kopf sich wieder so weit beruhigt hatte und ich aufstehen konnte, ohne auf dem Boden zu landen, weil meine Beine sich ein wenig wie Wackelpudding anfühlten. Auch wenn es mir ein wenig unangenehm war, mit einer Erektion durch den Club zu laufen, blieb mir nichts anderes übrig.

„Okay, komm." John packte mich am Handgelenk und zog mich mit sich, am Rand der Tanzfläche und hinter den Sofas entlang. Wir liefen weiter, zwischen irgendwelchen Tischen hindurch, die in einer Ecke aufgestellt waren, und dann durch eine Tür mit der Aufschrift STAFF ONLY.

„Wir dürfen hier nicht durch. Das ist nur für Angestellte."

„Ich arbeite hier, schon vergessen? Los."

Ich bekam ein freches Grinsen über die Schulter hinweg zugeworfen und wurde weiter durch den halbdunklen Gang gezogen.

„Wo genau willst du eigentlich hin?“, fragte ich.
Er antwortete mir jedoch nicht, sondern lief weiter bis
zu einer schwarz gestrichenen Tür, die John hastig
öffnete, dass ich die Aufschrift nicht mehr lesen konnte. Im nächsten Moment wurde ich in den Raum ge-
schoben, ehe die Tür sich mit einem leisen Klicken
wieder schloss und ich von Dunkelheit umgeben war.
Nur der Mond schien fahl in eins der Oberlichter, bis
John eine kleine Lampe auf einem Tisch einschaltete.
Ich sah mich um. Das blasse Licht reichte geradeso,
um die Kisten und Kartons im Raum zu erkennen, die
überall aufgestapelt waren. Wir mussten uns in einer
Art Lager befinden. Selbst die Musik und wummernden Bässe hörte man hier nur noch schwach.
Als ich mich umwandte, um zu John zu sehen, stand
dieser direkt vor mir. Sofort legten sich seine Hände
auf meine Hüften und er zog mich an sich, brachte
unsere Lippen zusammen und drückte mir einen weiteren verführerischen Kuss auf.
Mein Körper wurde von einem Kribbeln erfasst und
ich presste mich gegen den Mann vor mir, während
ich meine Hände unter sein Shirt wandern ließ. Langsam und genießerisch fuhr ich über die nackte Haut an
seinem Bauch, ertastete die festen Bauchmuskeln und
keuchte erregt auf, als ich seine Hand an meiner Hose
spürte. Er hatte sie in meinen Schritt gelegt und übte
leichten Druck auf die Beule aus.
„John ...“, brachte ich atemlos zwischen zwei Küssen
hervor. In meiner Hose war es bereits seit unserem
Kuss viel zu eng, doch erst jetzt wurde mir wirklich
bewusst, wie sehr mein Schaft befreit werden wollte.
Ich musste seine warme Hand hier und jetzt auf ihm
spüren.

Allerdings John gönnte mir diese Erleichterung nicht, stattdessen löste er die Hand wieder von meinem Schritt und schob mein Shirt nach oben. Beugte sich dann etwas nach unten und ließ seinen Mund über meine Brust wandern, bis er einen meiner Nippel gefunden hatte und ihn zwischen seine Lippen sog. Er zog eine feuchte Spur mit seiner Zunge um ihn, neckte ihn mit seinen Zähnen und brachte mich mit seinem Spiel zum Stöhnen.

Mein Körper spannte sich immer weiter an. Mir wurde mit jeder Sekunde heißer und mein Schwanz drängte in meiner Hose noch mehr nach Aufmerksamkeit.

Derweil ließ ich meine Hände an ihm hinaufwandern. Griff an den Kragen seiner Jacke und schob diese von seinen Schultern, schaffte es aber erst, sie ihm auszuziehen, als er sich aufrichtete und mir grinsend half. Sogleich ergriff ich die Chance und zog ihm ebenfalls das T-Shirt aus und schickte meine Hände dann über den perfekten nackten Oberkörper auf Wanderschaft, der sich mir bot.

„Zufrieden?", wurde ich gefragt und nickte zur Antwort. „Gut. Dürfte ich bitten?"

Was er damit meinte, wurde mir erst klar, als er mich energisch mit seinem Körper gegen einen der Kartonstapel drängte, mir einen weiteren heißen Kuss auf die Lippen drückte und dann vor mir auf die Knie sank. Meine Augen wurden groß, während ich beobachtete, wie er mit einem lüsternen Ausdruck auf dem Gesicht den Knopf und Reißverschluss meiner Hose öffnete und sie gemeinsam mit der darunterliegenden Boxer nach unten schob.

Kühle Luft umfing meine untere Körperhälfte, traf auf
meinen erhitzten Schwanz, der John freudig entgegen
wippte.
Ich spürte, dass bereits erste Lusttropfen aus der Spitze hervortraten, die der Rothaarige mit seinem Dau-
men verteilte.
Um das Stöhnen zu unterdrückten, das mir die Kehle
hinaufstieg, biss ich mir mit geschlossenen Augen auf
die Unterlippe.
Dann legten sich Johns schlanke Finger um meine
Länge, strichen mit genau dem richtigen Druck auf
und ab, aber es war nicht genug.
Ich wollte mehr. Viel mehr.
Verlangend presste ich mich der Hand entgegen, in
der Hoffnung, dass John verstehen würde. Doch dieser ließ nur ein amüsiertes Lachen hören, streichelte
noch ein paar Mal auf und ab, bevor er seine Hand
von meinem Schwanz nahm.
Ein protestierendes Brummen verließ meine Lippen,
als ich die Augen jedoch wieder aufschlug und auf
John hinab sah, blieb es mir im Halse stecken.
Er leckte sich einmal genießerisch über die Lippen,
dann öffnete er sie und neigte seinen Kopf in Richtung meines Schaftes.
Feucht und warm wurde er von seiner Mundhöhle
umfangen. Seine Zunge dippte in das Loch und spielte
mit dem Bändchen.
Unwillkürlich ruckte mein Becken dem wundervollen
Gefühl seines Mundes hinterher, als John begann, ihn
auf mir zu bewegen. Erst langsam, doch er steigerte
seinen Rhythmus mit jedem Einsaugen meines
Schwanzes. Als ich dann auch noch eine Hand an
meinen Eiern spürte und John diese ebenfalls bearbei-

tete, löste die Lust ein elektrisches Kribbeln in meinem gesamten Körper aus.

Das Gefühl in mir wurde immer stärker, bahnte sich seinen Weg die Wirbelsäule entlang und ließ mich vor Anspannung zittern. Ich hätte mein lustvolles Stöhnen nicht einmal zurückhalten können, wenn ich es gewollt hätte.

Mein Orgasmus würde mich in einer einzigen heftigen Welle überrollen, doch ich wusste, dass ich John warnen sollte. Ihm zumindest die Möglichkeit geben sollte, sich zurückzuziehen.

„John ... ich ... gleich ...", versuchte ich stöhnend klarzumachen, dass ich kurz davor war zu kommen, doch der Mann zu meinen Füßen intensivierte seine Bemühungen nur. Er verstärkte den Griff um meine Hoden und saugte fester.

Mit einem tiefen lauten Stöhnen überrollte mich mein Orgasmus. Welle für Welle erzitterte mein Körper im Griff des Rothaarigen, während mein Kopf gegen den Kartonstapel hinter mir fiel, in dem es leise klirrte. Etliche Sekunden später kam ich halbwegs wieder zu Atem und sah runter zu John. Der hatte meinen Schwanz aus seinem Mund entlassen und sich ein Stück zurückgelehnt. Seine Hose war offen, sein eigener Schaft lag prall und erigiert in seiner Hand und er wichste ihn schnell und hart. Währenddessen beobachtete er mein Gesicht und stöhnte immer wieder lustvoll auf, bis er sich zwischen meinen Füßen auf dem Boden ergoss.

Wow, das ist mit Abstand der beste Blowjob, den ich je gehabt hatte.

Ich hatte keine Ahnung, wie lange wir noch in dem Lagerraum standen, aber schließlich gingen wir wieder in den VIP-Bereich, wo John mich mit sich auf eine Couch zog und etwas zu trinken orderte. Ich fühlte mich völlig fertig, wäre am liebsten in mein Bett gefallen und gleichzeitig war ich belebt und voller Energie.

Der Alkohol, den uns kurze Zeit später einer der Kellner brachte, weckte meine restlichen Lebensgeister und ich ließ mich von John sogar auf die Tanzfläche ziehen. Dort schmiegten wir uns aneinander, tanzten eng umschlungen, bis wir völlig ausgelaugt erneut auf eines der Polstermöbel fielen.

„Das war ein sehr schöner Abend, danke", nuschelte ich an Johns Halsbeuge, von der ich mich nicht fernhalten konnte.

Er ließ ein amüsiertes Lachen hören. Ein wundervolles Geräusch, wie mir immer wieder auffiel.

„Ja, gern. Und nun?", wollte er wissen.

„Und nun?"

„Ich will nicht nach Hause."

„Wieso nicht?", fragte ich neugierig.

„Ich dachte, wir könnten an das von vorhin anknüpfen."

Ich seufzte und war selbst überrascht über das, was ich als Nächstes sagte: „Dann komm doch mit zu mir. Ich muss zwar morgen noch arbeiten, aber danach bin ich ganz für dich da."

„Hm, dein Ernst?"

„Ja, wieso nicht?"

Ja, wieso eigentlich nicht? Betrogen hatten wir Kai doch schon, oder nicht?, schaltete sich mein schlechtes Gewissen wieder ein, welches ich aber direkt igno-

rierte. Es brachte mir nichts, mir jetzt im benebelten
Zustand den Kopf zu zermartern. Ich würde morgen in
Ruhe darüber nachdenken und am besten auch noch
mal mit John sprechen.

Dass John tatsächlich mit mir nach Hause gekommen war, als ich am nächsten Morgen neben ihm in meinem Bett erwachte und mein Wecker nicht aufhörte zu klingeln.
Verdammtes Ding. Wer hatte den überhaupt gestellt?
Ich fuhr hoch. *Mist, Mist, Mist!* Ich musste zur Arbeit. Schnell drückte ich den Wecker aus und stieg aus dem Bett. John regte sich und sah zu mir auf, während ich hektisch nach Klamotten suchte und mich anzog.
„Was ist denn los?", fragte er verschlafen, rieb sich dabei über das müde Gesicht.
„Nichts, ist schon in Ordnung. Kannst ruhig noch weiter schlafen. Ich muss nur los."
„Los? Wohin?"
„Zur Arbeit."
„Hm." Er zog sich die Decke über den Körper und ich nahm mir eine frische Hose und ein Hemd aus meinem Schrank, zog beides an und eilte Richtung Tür. Ich war spät dran, dennoch stoppte ich dort noch einmal und sah zu John zurück.
„Fühl dich wie zu Hause, ja? Ich bin heut Nachmittag wieder da."
„Hmh."
„Soll ich dir Kaffee aufsetzen?"
Er hob seinen Kopf unter der Decke hervor und sah mich mit blitzenden Augen an. „Das wäre der Wahnsinn."
„Kein Problem. Wartet dann in der Küche auf dich. Bis später."
„Bis später, mein Süßer."
Mit einem Winken verließ ich das Zimmer.

Die Stunden auf der Arbeit vergingen nur schleppend. Auch dass John mir mittags ein Bild von sich schickte, verbesserte diesen Zustand nicht. Er saß halbnackt und mit einem Kaffee in der Küche, während er unter das Bild schrieb: „Ich warte auf dich!"

Es brachte nur wieder die Erinnerungen an den höllisch guten Blowjob von letzter Nacht hervor und ließ mich unruhig auf meinem Stuhl hin und her rutschen. *Verdammte Scheiße, was habe ich mir da nur eingebrockt?*

Irgendwie schaffte ich es dennoch, den Tag zu überstehen und pünktlich in den Feierabend zu gehen, nur um erschöpft in meine Wohnung zu kommen. Aber immerhin war heute Donnerstag und damit für diese Woche bereits Wochenende. Und in meinem Flur empfing mich ein verdammt guter Geruch.

Okay, was ist hier los?

Natürlich erinnerte ich mich daran, dass John hier war und dass ich ihm gesagt hatte, er solle sich wie zu Hause fühlen, aber was hatte er angestellt? Neugierig ging ich meine Küche, wo der Geruch herkam, und fand ihn am Herd stehend vor.

Er werkelte mit ein paar Töpfen und Pfannen, nur bekleidet in seiner Boxershorts und einer Schürze. *Was für ein Anblick.*

„Hallo", sagte ich zur Begrüßung und beobachtete, was er da in meiner Küche trieb, versuchte weiterhin, anhand des Geruchs zu erkennen, was er kochte.

„Hey, Süßer. Wie war dein Tag?"

Es war ein wenig irritierend, dass er mich so etwas fragte. Fast so, als seien wir ein Paar, was nicht der Fall war. Ich hätte uns als Freunde bezeichnet, die gestern Abend intim miteinander geworden waren, obwohl sie das vielleicht besser nicht getan hätten. Auch dass er nun hier war, war eher meinem gestrigen Alkoholpegel zu verdanken. Nicht, dass es mich störte, aber wäre ich komplett nüchtern gewesen und nicht so benebelt durch den Blowjob und unsere heiße Tanzerei, hätte ich vermutlich anders reagiert. Wenn ich ehrlich war, wusste ich ja selbst nicht, was mich da geritten hatte.

„Äh ... ja", stotterte ich. „Es war okay. John ... ich denke, wir sollten darüber reden."

„Worüber?"

„Über gestern. Den Blowjob. Dass du hier bist und dich verhältst, als wären wir zusammen oder so was. Versteh mich nicht falsch, ich habe kein Problem damit, ich find's echt nett, aber was ist denn mit Kai? Ich dachte, ihr wärt ein Paar? Habt ihr Streit?"

John schenkte mir ein kurzes Lächeln, bevor er sich wieder auf seine Töpfe und Pfannen konzentrierte.

„Hat dir der Blowjob nicht gefallen?", fragte er.

„Ernsthaft? Sah das so aus?"

„Nein, eigentlich nicht." Ein leises Kichern ertönte, dann ein Seufzen. „Mach dir keine Sorgen. Bei Kai und mir ist alles gut."

„Und Kai hat keine Probleme damit, dass du dich bei mir einnistest und wir solche Dinge tun?"

„Nein. Ganz im Gegenteil. Er wäre wahrscheinlich gern mit dabei gewesen."

Bei diesen Worten warf John mir einen verführerischen Blick zu, als wollte er meine Reaktion abschätzen und scheinbar schien ihm zu gefallen, was er sah.

„Er wird sich ärgern, dass er es verpasst hat, wenn ich
ihm davon erzähle. Wir müssen ihn Samstag unbedingt gemeinsam überraschen. Wenn du möchtest.“
„Dein Ernst?“
„Ja, sicher.“
„Okay. Ähm ... gern.“
„Super. Er wird sich freuen.“
Mir wurde warm bei dem Gedanken daran, was pas-
sieren würde, wenn wir Kai am Samstag *überrasch-
ten*. Allein Johns Blick sagte eindeutig, dass es sich
nicht um eine Party oder ein Essen handelte. Ein
Schauer lief mir über den Rücken und ich bemerkte
erst, dass ich völlig in meinen Gedanken versunken
war, als John mich erneut ansprach.
„Kannst du mir mal helfen? Das Essen wäre dann
fertig.“
Ich musste ein paar Mal blinzeln, bevor ich wieder im
Hier und Jetzt angekommen war, setzte mich aber
schließlich in Bewegung und half John damit, das
Essen auf Teller zu packen und an den Tisch zu bringen.
Das ungarische Paprikahuhn sah fantastisch aus.
Und es schmeckte auch so, wie ich kurz darauf fest-
stellte, als wir beide mit einem Bier am Tisch saßen
und eine gefräßige Stille herrschte.

Mein Herz schlug mir noch immer bis zu Hals, wenn ich an den nächsten Tag und Johns Einladung dachte, Kai zu überraschen. Mir war nach seiner offenen Anfrage für den Dreier erst einmal die Luft weggeblieben, aber ich hatte zugesagt. *Verdammte Scheiße, ich habe wirklich zugesagt!*

Wie hätte ich auch nicht? John ist heiß und Kai ist es ebenso. Zusammen toppen die beiden alles, was ich mir an Männern wünsche. Das haben sie bereits oft genug im Neon Lights bewiesen.

Mittlerweile lagen John und ich nach dem Essen auf meiner Couch und schauten fern. Und irgendwie hatte sich seine Hand unter mein Shirt geschmuggelt. Abwesend streichelten seine Finger sanft über meinen Bauch, was mir eine angenehme Gänsehaut bescherte. Den Kopf hatte er auf meiner Brust abgelegt und unsere Beine waren ineinander verhakt. Keine Ahnung, wie wir das geschafft hatten, irgendwann waren sie verknotet gewesen und es war bequem, also hatte ich nicht vor, sie so schnell wieder zu lösen.

Generell war die Situation mit ihm sehr behaglich. Fast schon wie Normalität. Ich könnte mich daran gewöhnen und musste mir ein ums andere Mal ins Gedächtnis rufen, dass das hier nur so lange ging, bis Kai von seiner Tante zurück war und wir ihn Samstag überrascht hatten. Was in mir die Frage aufwarf, ob es wirklich eine gute Idee gewesen war, für morgen zuzusagen.

Vorsichtig schielte ich zu John.

„Was ist los?“, fragte er direkt, als sein Blick meinen erfasste.

„Nichts, nichts. Ich ...“ Ein Seufzen entfuhr mir. „Ich habe mich nur gefragt ... ob das morgen wirklich eine so gute Idee ist. Ich möchte nicht, dass es danach komisch zwischen uns wird.“

„Du machst dir ganz schön viele Gedanken. Wieso sollte es komisch werden?“

„Ich mag euch beide ... und die Art unserer ... Freundschaft bisher. Sex verkompliziert alles oftmals nur.“

„Du bist süß, weißt du das?“ Auf Johns Gesicht erschien sein typisches Lächeln. „Aber wenn du nichts an der ganzen Sache verkomplizierst, ändert sich auch durch Sex nichts. Wir haben spaß zusammen und dann sehen wir weiter.“ Er zwinkerte mir zu und das Streicheln seiner Finger auf meinem Bauch schien an Intensität zuzunehmen.

Mir lief eine Gänsehaut über den Rücken. „Also plant ihr das schon länger?“

„Nicht direkt. Kai und ich haben ein paar Mal darüber gesprochen, aber wir wussten natürlich nicht, ob du zusagst. Außerdem hatte er anfangs ähnliche Bedenken wie du.“

„Wieso?“

„Weil wir dich auch echt gern haben, Chrissy.“

„Wenn du sagst, ihr habt mich gern, dann meinst du als Freund?“

John schüttelte sachte den Kopf. „Nicht nur. Ich weiß, wir haben uns bisher nur im Club getroffen und das ist nicht unbedingt die beste Grundlage für mehr. Aber vielleicht könnten wir das ja ändern ab jetzt?“

Johns Aussage hätte mich umgehauen, wenn ich nicht ohnehin schon unter ihm auf dem Sofa gelegen hätte. Ich hätte mit allem gerechnet. Dass ich ein wildes Abenteuer für sie war, ein Experiment, weil sie ihr

Sexleben mal wieder etwas auf Touren bringen wollten. Doch dass ich ihnen wichtig erschien? Ich wusste nicht einmal, wie ich damit umgehen sollte, weswegen ich freundlich lächelte und schwieg, bis wir später gemeinsam ins Bett schlurften und John dicht an mich gekuschelt einschlief. Ich brauchte wesentlich länger zum Einschlafen, dachte immer wieder über seine Worte nach und wachte deshalb umso geräderter am nächsten Morgen auf.

John lag nicht mehr neben mir, doch aus meiner Küche stieg mir ein atemberaubender Duft nach frischem Kaffee, gebratenem Speck und Eiern in die Nase.

Als ich, nur in Boxershorts bekleidet, in die Küche trat, stand John schon wieder am Herd. Brötchen, Eier und diverser Aufschnitt befanden sich bereits auf dem gedeckten Tisch, nur eine Pfanne mit Speck brutzelte noch auf dem Herd.

„Guten Morgen, Süßer", begrüßte er mich fröhlich und gab mir einen Kuss, als ich an die Küchenzeile trat, um mir einen Kaffee zu nehmen. Irritiert erwiderte ich den Kuss. *Guten-Morgen-Küsse sind definitiv neu.*

„Alles in Ordnung?", fragte John.

„Ja, ich glaube, ich habe nur schlecht geschlafen."

„Okay. Dann iss erst mal was. Das hilft."

Ich nickte und setzte mich gemeinsam mit John an den Tisch.

„Wann genau kommt Kai denn zurück?", fragte ich nach einer Weile, in der wir still gegessen hatten.

„Er hat mir geschrieben, dass er bereits unterwegs ist. Heute Nachmittag sollte er ankommen."

„Gut."

„Ja. Ich würde mich gleich schon mal auf den Weg
machen. Ich muss noch mal in den Club und was mit
Ethan besprechen. Und du könntest ja dann so gegen
Mittag nachkommen, wenn du magst?“
Ich schob mir einen weiteren Bissen des simplen, aber
wundervoll schmeckenden Frühstücks in den Mund,
kaute genüsslich und nickte.
„Ich kann auch direkt mitkommen“, bot ich an. „Dann
musst du nicht mit der Bahn fahren.“
„Das wäre super.“

Nicht abends am Club zu sein, fühlte sich neu und ungewohnt an. Bei Tageslicht wirkte er seltsam verlassen. Ruhig und viel zu still, lag das sonst grell von Neonlichtern beleuchtete Gebäude da. Früher war es eine Fabrik für Verpackungen gewesen und das Alter des Bauwerks sah man ihm am tagsüber weitaus deutlicher an. Langsam aber sicher verblassende Abdrücke des ehemals angebrachten Firmennamens zierten noch immer die Gebäudewand. Man hatte versucht, sie zu entfernen, war jedoch scheinbar gescheitert. Nachts wurden sie von der Dunkelheit und den blinkenden und blitzenden Neonlichtern überstrahlt.

John warf mir einen kurzen Blick, sagte mir, dass er gleich wieder da sei, und stieg aus dem Wagen.

Ich sah ihm nach und beobachtete, wie er gegen die Tür des Clubs klopfte, wartete und dann im Inneren verschwand, nachdem ihm ein dunkelhaariger, grimmig schauender Typ geöffnet hatte. Wenn mich nicht alles täuschte, musste das der Besitzer gewesen sein. Ethan Brace. Ein gutaussehender Mann, der immer im Anzug zu sehen war und seinen Job zu verstehen schien. Zumindest wenn man danach maß, wie gut der Club lief.

Ich wandte den Blick von der geschlossenen Tür ab und starrte stattdessen durch die Frontscheibe meines Wagens. Johns Worte ließen mich nicht los. *Er und Kai wollen mich auch außerhalb des Neon Lights treffen?*

Was soll das werden?

Was will ich?

Und soll ich dann überhaupt jetzt mit ihm mit zu Kai fahren und dieses Angebot für den Dreier durchziehen?

Die Gedanken in meinem Kopf fuhren Achterbahn und kamen zu keinem Ergebnis. Wie ich es auch drehte und wendete, das Einzige, das ich sicher wusste, war, dass zwischen uns von Anfang an eine gewisse Anziehungskraft geherrscht hatte. Es wäre eine Lüge, das zu leugnen. Und ich war wirklich neugierig auf diesen Dreier. Der Gedanke daran ließ schon jetzt ein angenehmes Kribbeln durch meinen Körper wandern. *Doch wohin soll das führen? Kann so eine Dreiecksbeziehung überhaupt funktionieren? Kommt es nicht zwangsläufig irgendwann zu Eifersucht und Streitereien?*

John, der die Autotür öffnete, riss mich aus meinen Gedanken.

„Fertig, wir können los", sagte er, die Stimme voller Vorfreude.

„Okay. Lotst du mich?"

Er nickte begeistert, während ich meine Grübeleien beiseiteschob und den Motor startete.

John dirigierte mich zielsicher durch die Stadt. In
einer ruhigeren Gegend mit kleinen Zwei- bis
Drei-Parteienhäusern lotste er mich auf einen
Parkplatz neben einem der Häuser. Als er ausstieg,
entglitt ihm ein Seufzen.
„Was ist los?", fragte ich, während ich ihm aus dem
Wagen folgte.
„Wir haben es doch nicht mehr pünktlich geschafft.
Kai ist schon da. Dort steht sein Auto." Er deutete auf
einen schwarzen Honda Civic auf dem Parkplatz ne-
ben uns.
„Okay. Und nun?"
Er zog nur die Schultern nach oben, sah aber ein we-
nig zerknirscht drein.
„Mal sehen. Wir lassen uns was einfallen." Dann be-
deutete John mir mit einem Winken, ihm zu folgen.
Er schloss die Haustür auf und ließ mir den Vortritt in
den Hausflur, bevor er die Treppen nach oben in den
ersten Stock nahm und ich ihm folgte. Dort öffnete er
die Wohnungstür und gab mir durch ein erneutes
Winken zu verstehen, ihm leise zu folgen.
Drinnen war lediglich das Rauschen von Wasser aus
dem Bad zu hören. Kai war vermutlich gerade duschen.
„Wir haben wohl doch noch etwas Glück gehabt",
sagte John mit einem schelmischen Grinsen zu mir.
„Das Wohnzimmer ist da vorne. Geh doch schon mal
vor. Ich komme gleich nach."
Er zeigte mit der Hand auf eine Tür am Ende des Flu-
res. Ich nickte ihm zu, zog meine Schuhe aus und ging
dann in den Raum, der mir gezeigt worden war. John
sah ich aus dem Augenwinkel noch auf die Badezim-
mertür zusteuern.

Im Wohnzimmer angekommen sah ich mich erst einmal um. Es war gemütlich eingerichtet, in verschiede-
nen hellen Tönen gestrichen und mit passenden Mö-
beln in Cremetönen ausgestattet. Das pompöseste in
diesem Zimmer war der riesige Flachbildfernseher,
der an der Wand gegenüber des Sofas hing.
Mich zogen jedoch die Fotos von John und Kai an den
Wänden magisch an. Eines zeigte die beiden beim
Strandurlaub, wie sie zusammen auf einem Handtuch
lagen und miteinander kuschelten. Es war wirklich
niedlich. Das Nächste zeigte sie beim ...
Ich stockte, als ich hinter mir die Tür hörte. Ein Blick
über die Schulter präsentierte mir John, der die Tür
ein Stück weiter geöffnet hatte und mich vom Rahmen
aus beobachtete.
„Na, was gefunden, das dir gefällt?", fragte er.
„Ihr seht gut zusammen aus."
„Erzähl das bloß nicht Kai. Um diese Fotos musste ich
kämpfen." John grinste. Es war mir ein Rätsel, wieso
Kai etwas gegen diese Bilder haben sollte. Doch ich
kam nicht dazu, weiter danach zu fragen, denn John
kam zu mir, griff nach meiner Hand und zog mich mit
sich.
„Wo gehen wir hin?"
„Schlafzimmer. Kai weiß noch nicht, dass du auch
hier bist, nur dass ich eine Überraschung für ihn habe.
Aber ich habe ihm gesagt, sie erwartet ihn im Schlafzimmer. Deswegen überraschen wir ihn da."
Keine Ahnung, wie genau John sich das vorstellte,
doch ich hatte für dieses Treffen zugesagt, also würde
ich das jetzt auf mich zukommen lassen. Die Unge-
wissheit löste eine freudige Anspannung in mir aus,
während ich mich von ihm ins Schlafzimmer führen

ließ. Dort angekommen, wurde ich erst einmal von einem riesigen Bett erschlagen. Es dominierte den Raum, war mit dunkellila Bettwäsche bezogen und schickte mir sofort Bilder in den Kopf, die wenig mit Schlafen zu tun hatten. Vorrangig stellte ich mir vor, wie John und Kai sich zusammen darauf rekelten, sich küssten und berührten und *verdammt noch eins*, die Bilder in meinem Kopf fuhren direkt in meinen Schwanz und brachten ihn dazu, in meiner Hose einen Aufstand zu proben. *Verräterisches Ding.*
John blieb das nicht verborgen, als er sich zu mir umwandte und mich ansah.

„Dir gehen schlimme Dinge durch den Kopf, oder?" Er grinste.

„Schon möglich", gab ich zurück und trat an ihn heran. „Aber ich bin auch in eurem Schlafzimmer. Also ist es irgendwie deine Schuld." Ich legte meine Hände an seine Seiten und streichelte dort langsam auf und ab.

„Mein schlechtes Gewissen hält sich in Grenzen." John lachte auf und beugte sich zu mir vor, um mich zu küssen. Seine Lippen nahmen meinen Mund in Besitz, als wäre es das Normalste der Welt, und jagten mir eine Gänsehaut über den Rücken.

„John? Was zum?", ertönte plötzlich Kais Stimme hinter uns und ich versteifte mich automatisch. Er klang zu Recht überrascht.

„Kai! Da bist du ja endlich!" John schien Kais Überraschung überhaupt nicht zu bemerken. Er löste sich von mir und schlenderte zu ihm, wobei mir auffiel, dass Kai nur mit einem Handtuch um die Hüften im Raum stand. Seine Haare waren noch feucht und sein Blick glitt fragend zwischen mir und John hin und her.

Für den Kerl braucht man einen Waffenschein!,
schoss es mir augenblicklich durch den Kopf. Ich
hatte ihn schon ein paar Mal gesehen und wusste, dass
er trainiert war, doch der Anblick, der sich mir nun
bot, war atemberaubend. Neben den fein definierten
Muskeln an Bauch, Brust und Armen, die einfach zum
Dahinschmelzen waren, zierte seinen linken Arm und
die linke Brust ein aufwendig aussehendes Tribaltattoo.
Mir lief direkt das Wasser im Mund zusammen, bei
dem Gedanken daran, das Muster mit der Zunge
nachzufahren.
„Chris?“
„Ja, hi.“ Verlegen hob ich die Hand und kratzte mich
lächelnd am Hinterkopf, während ich meinen Blick
von seinem Oberkörper und in sein Gesicht zwang.
„Überraschung?“
„Was soll das, John?“
„Ach komm schon, Brummbär. Wir haben so oft darüber gesprochen und ich hab Chris einfach mal gefragt. Sonst wäre daraus ja nie was geworden“, meinte
John breit lächelnd.
Kais Augen musterten John eindringlich. „Und er hat
ja gesagt?“
„Meinst du, ich habe ihn hergezwungen?“
Kais unergründlicher Blick wanderte wieder zu mir.
*Verdammt kann dieser Kerl intensiv gucken. Ist das
schon immer so gewesen?*
Ich hatte die Befürchtung unter seinem Blick dahinzuschmelzen, wenn er so weitermachte und nicht endlich
irgendetwas passierte. So konnte das doch nicht weiter
gehen. Außerdem war das nun etwas unangenehm.
John hatte gesagt, Kai würde sich freuen. So richtig

glücklich sah dieser allerdings nicht aus. Eher als
wüsste er nichts mit der Situation anzufangen.
„Kai? Alles in Ordnung?" Scheinbar bemerkte John
das ebenfalls, der sich an ihn schmiegte und ihm einen
Kuss aufs Kinn hauchte. Seine Hände wanderten über
die muskulöse Brust.
„Als du sagtest, du hättest eine Überraschung, habe
ich nicht mit sowas gerechnet", meinte Kai.
„Deswegen ist es ja eine Überraschung, mein Lieber."
Ein erneuter Kuss von John auf Kais Kinn. „Und jetzt
lass uns zu Chris gehen, der Arme weiß überhaupt
nicht, wie er sich verhalten soll. Er schaut schon so,
als wollte er gleich flüchten."
Die Blicke der beiden richteten sich nun vollends auf
mich. Ich fühlte mich ertappt, obwohl ich nichts der-
gleichen vorgehabt hatte. John grinste breit, sie setz-
ten sich in Bewegung und kamen auf mich zu. John
voran, Kai dicht hinter ihm und dann hatte ich plötzlich vier Hände auf mir und zwei starke Körper an mir
und brauchte erst mal einen Moment, um damit klar-
zukommen.
Netterweise standen wir erst mal nur da und sahen uns
an, bis Kai das Wort ergriff: „Hey, freut mich, dass du
hier bist. Ist eine schöne Überraschung."
„Äh ... gern doch. Ich freue mich auch", entgegnete
ich etwas zögerlich. Das war definitiv nicht meine
schlauste Antwort. Aber die Nähe zu den beiden, so
privat, war neu und anders. Im Club war es unpersön-
licher. Auch wenn wir immer in unsere eigene kleine
Welt abzudriften schienen und alles um uns herum
vergaßen. Jedes Mal waren wir gestört, angerempelt
oder anders unterbrochen worden, bevor es zur Sache
hatte gehen können. Hier und jetzt waren wir völlig

für uns. Allein. Was bedeutete, dass uns niemand stören würde.

Ein elektrisiertes Knistern lief durch meinen Körper und setzte mich unter Strom, als ich es endlich realisierte: Nichts und niemand konnte uns heute aufhalten zu tun und zu lassen, was wir wollten.

„Was gehen dir schon wieder für schmutzige Gedanken durch den Kopf, Chrissy?", fragte John und riss mich damit aus eben diesen.

Ich sah in sein Gesicht, antwortete ihm aber nicht. Stattdessen zog ich es zu mir herunter und küsste ihn. Es brauchte nicht lange und schon schob er mir seine Zunge in den Mund, brachte mich damit zum Seufzen. Währenddessen spürte ich Hände über meinen Körper wandern. Hinunter zum Saum meines Shirts und dann direkt darunter. Sie strichen sanft über meine Haut, erkundeten sie und suchten sich einen mir unbekannten Weg.

Ein weiteres Seufzen verließ meine Lippen, als John sich von mir löste und mir ins Gesicht sah. Nur eine Sekunde später wurde mein Kopf ein Stück herum gedreht und neue Lippen legten sich auf meine. Zuerst zögerlich, dann immer mutiger, nahmen sie meinen Mund in Besitz, teilten sich, bis eine feuchte Zungenspitze gegen mich stieß. Ich ließ sie gewähren, öffnete den Mund für sie und kam ihr mit meiner eigenen entgegen, genoss das Spiel unserer Zungen, bis wir uns gezwungenermaßen voneinander lösten, damit wir Luft holen konnten.

Verdammt, diese beiden können wirklich küssen, schoss es mir durch den Kopf und ich fragte mich gleichzeitig, ob es nicht doch ein wenig unfair war, dass sie beide so perfekt darin waren. Andererseits

sollte ich mich wohl glücklich schätzen, dass ich das
Glück hatte hier mit den beiden zu sein und es genie-
ßen konnte. Also verbannte ich den Gedanken direkt
wieder und konzentrierte mich erst einmal auf Kai, da
John ohnehin gerade irgendwie verschwunden war,
zumindest spürte ich ihn nicht mehr bei mir. Seine
Hände konnte ich ebenfalls nicht weiter auf mir spüren und so galt Kai nun meine ganze Aufmerksamkeit.
Ich legte meine Hände auf seine Brust, fuhr langsam
mit ihnen über die nackte Haut und genoss das warme
Gefühl unter meinen Fingerspitzen.
Währenddessen schob er mein Shirt nach oben, bis
fremde Hände von hinten daran zogen und ich half, es
auszuziehen, indem ich die Arme hob.
Nun wusste ich auch wieder, wo John war. Er hatte
sich hinter mich gestellt und war derjenige, der mir
mein Shirt auszog.
Scheinbar hatte er sich ebenfalls seines entledigt, denn
als er sich gegen mich lehnte, spürte ich warme, nackte Haut am Rücken und seufzte auf.
Kai nahm erneut meine Lippen in Besitz, während ich
hörte, wie etwas zu Boden fiel, und ich darauf hoffte,
dass es das Handtuch um Kais Hüften gewesen war.
Ich wurde weiter von den sagenhaft weichen Lippen
abgelenkt, die zu meinem Hals wanderten und von
Händen, die sich von hinten an meinen Bauch legten
und zu meiner Hose glitten. Langsam wurde sie geöffnet und warme Finger schoben sich dann, durch die
Unterwäsche zu meiner empfindlichsten Stelle.
Das Nächste, was ich voller Intensität wahrnahm,
waren zwei nackte Körper. Kais vor mir und Johns
hinter mir, woraufhin ich aufstöhnte.

Damit hatte ich so schnell nicht gerechnet und es erregte mich. Wenn mein Schwanz nicht schon von den heißen Küssen steif gewesen wäre, er würde es spätestens jetzt sein.

„Kommt", drang plötzlich Johns Stimme an mein Ohr und keine Sekunde später navigierten mich er und Kai durch den Raum. Ich fragte mich kurz, wo sie hinwollten, als ich das Bett an meinen Beinen spürte und Kai mir einen leichten Schubs verpasste, sodass ich darauf zum Sitzen kam.

Die zwei standen nun direkt vor mir und sahen mich mit einem lüsternen Blick an. Sie waren beide hochgradig erregt. Ihre Schwänze ragten mir entgegen und ich konnte dem Impuls nicht widerstehen, meine Hände nach ihnen auszustrecken und beide gleichzeitig zu streicheln.

Vermutlich hatten sie damit nicht gerechnet, zumindest sahen die beiden danach aus. Ihre auf mich gerichteten Blicke waren überrascht, bevor Kais Kopf in den Nacken fiel und John seinen auf Kais Schulter ablegte. Ich packte ihre Schäfte fester, streichelte intensiver über die Länge und genoss das Stöhnen, das die beiden mir dafür schenkten.

Sie ließen mir einen Moment, indem ich die Lust dieser beiden Männer wortwörtlich ganz in meinen Händen hatte und meine eigene damit ebenfalls weiter steigerte, bis sie sich von mir losmachten.

John stieg zu mir aufs Bett und setzte sich hinter mich, um mich mit den Beinen zu beiden Seiten einzurahmen und mich so dicht an sich zu pressen, dass ich seinen steifen Schwanz an meinem Rücken fühlte.

Kai ließ sich derweil zwischen meinen Beinen nieder, sodass ich auf ihn hinabsah. Ich beobachtete, wie er den Kopf senkte, und dann spürte ich seine Lippen um meine Männlichkeit und stöhnte auf.

Das warme, feuchte Gefühl seines Mundes um meinen Schwanz war unglaublich und ließ mich am ganzen Körper erzittern. Johns Hände, die sich auf meine Brust gelegt hatten, begannen mit den Nippeln zu spielen.

Das Zusammenspiel von Kais Mund und Johns Händen brachte mich immer wieder zum Stöhnen und schon bald konnte ich es nicht mehr verhindern, dass ich mich im Griff der beiden hin und her warf. Mein Körper verlangte nach mehr. Ich wollte einen der beiden in mir haben, sonst würde ich wahnsinnig werden.

„John ... Kai ... bitte ...", flehte ich sie atemlos an.

„Was ist los, Chrissy?", flüsterte mir John mit einer verruchten Stimme ins Ohr.

„Ich ... nghhh ... mehr ..."

„Mehr?" Wieder John an meinem Ohr.

„Jaaaha ..."

„Hast du gehört, Kai? Chris möchte mehr."

Als ich daraufhin nach unten zu Kai sah, blickte dieser auf zu John und mir, die Spitze meines Schwanzes immer noch zwischen den Lippen, was mir erneut ein Stöhnen entlockte.

Es sah so unglaublich erotisch aus, wie dieser starke wunderschöne Mann zwischen meinen Beinen kniete und mir einen bließ. Und dabei John in meinem Rücken zu haben, während seine Hände mit meinen Nippeln spielten und dessen Lippen immer wieder meinen Hals liebkosten, brachten mich um den Verstand.

Ich konnte kaum mehr klar denken, als Kai von meiner Mitte abließ und sein Mund Johns Finger für einen Moment an den Brustwarzen ablösten.

„Dann wollen wir ihm geben, nach was er verlangt,
oder?", fragte er mit einer dunklen rauen Stimme, als
er ebenfalls von meiner Brust abgelassen hatte und
mir ins Gesicht sah.
Mir entkam ein Laut, von dem ich selbst nicht wusste,
ob er erleichtert oder frustriert klang. Mein Körper
war so angespannt, so erregt, dass es vermutlich eine
Mischung aus beidem war.
„Ich denke, das sollten wir", hörte ich John sagen,
dann wurde mein Gesicht ein Stück herumgedreht und
ich hatte seine Lippen auf meinen.
Plötzlich bewegte sich mein Körper wie von selbst.
Erfasst von einer Welle der Lust, kletterte ich ganz
aufs Bett und über John, während wir uns weiter küssten.
„Er wird stürmisch", brummte Kai belustigt hinter
uns, was mich dazu brachte den Kuss zu lösen und zu
ihm zu sehen.
Er kam ebenfalls zu uns aufs Bett und ich bemerkte
die Tube Gleitgel in seiner Hand.
Jetzt wird es also richtig losgehen.
Eine Gänsehaut lief mir über den Körper und ich fragte mich, wie genau das ablaufen würde. Wir hatten
überhaupt nicht darüber gesprochen, wer von uns
toppte und wer nicht. Zwar kannte ich meine Vorlie-
ben, doch was die beiden anging, war ich nicht im
Bilde. Und irgendwie konnte ich mir bei John und Kai
nicht vorstellen, dass sie sonderlich gut einsteckten.
Andererseits musste einer von den beiden der Bottom
sein, oder nicht?
Verwirrt sah ich zwischen ihnen hin und her, was mir
einen fragenden Blick von John einbrachte.
„Was ist los, Chris?"

Ich schüttelte den Kopf und lächelte ihn an. „Ich glaube, ich denke nur zu viel.“

„Hm?“

„Ähm ... also ... wie ...“ Ich schluckte, genoss kurz das Gefühl von Kais Hand, die mir sanft über den Rücken streichelte, und setzte erneut an. „Wie machen wir das?“

John sah zu Kai, dann lag sein Blick wieder bei mir und ein weitaus verruchteres Grinsen als sonst lag auf seinem Gesicht.

„Das kommt ein bisschen auf dich an, mein Süßer. Wir arrangieren uns einfach so, wie es am besten passt. Wir haben da keine festen Rollen.“

„Na ja“, brummte Kai neben uns und John lachte kurz schüttelte aber den Kopf. Ich verstand nicht, kam jedoch nicht dazu, nachzufragen, weil John mich im nächsten Moment fragte, was mir am liebsten sei. Darüber musste ich nicht lange nachdenken. Ich wollte einen von ihnen in mir, dabei war es mir vollkommen egal wen. Sie waren beide heiß und brachten mich auf ihre eigene Art um den Verstand.

„Einer von euch ... in mir“, gab ich ein wenig stockend von mir und Johns Augen blitzten verlangend auf.

„Wie du wünscht.“ Damit war wohl alles gesagt, denn im nächsten Moment spürte ich Kais Hand, wie sie meinen Rücken hinabwanderte, bis zu meinem Hintern, die ihn massierte. Mit festen Berührungen knetete Kai meine Pobacken, bis er sie kurz losließ, nur um seine Finger einige Sekunden später deutlich kälter und glitschiger direkt zwischen sie zu schieben. Fast sofort fanden sie ihr Ziel, umkreisten sanft meinen Muskelring und verteilten das Gleitgel, bis ich mich entspannte und ein erster Finger langsam Druck aufbaute.

Ich keuchte, als er das erste Stück in mich rutschte und innehielt, während der leichte Dehnungsschmerz mich erfüllte. Zum Glück lenkte John mich damit ab, dass er sich wieder an meinen Nippeln gütlich tat. Schon nach wenigen Sekunden hatte ich mich an das Gefühl von Kais Fingern gewöhnt, mein Körper ruckte automatisch nach hinten und Kai ein Stück weiter in mich. Was vorher leichter Schmerz gewesen war, verwandelte sich in ein Gefühl purer Wonne und schickte Wellen der Lust durch mich hindurch.

Kai bewegte seinen Finger gezielter und schob schon bald einen zweiten hinzu, was nur noch mehr zu meiner Lust beitrug.

John rutschte währenddessen etwas weiter zu Kai. Ich beobachtete, wie er sich ebenfalls Gleitgel auf die Finger drückte und seine Hand dann zwischen Kais Beinen verschwand, die dieser ein wenig spreizte. Der Gedanke machte mich an, dass der Mann, der seine Finger in meinem Hintern hatte, genau in diesem Moment auch anal stimuliert wurde. Die ganze Situation war einfach atemberaubend und würde mir noch vollkommen den Verstand zersetzen. Erst recht als ich spürte, wie auch ein dritter Finger seinen Weg in meinen Eingang fand und ich nicht mehr anders konnte, als mich der Hand entgegenzubewegen und laut aufzustöhnen.

Kai wurde jetzt, genau wie ich, immer lauter, lehnte sich gegen mich und die Bewegungen seiner Hand in meinem Hintern wurden fahriger, was sie jedoch nicht weniger intensiv machte.

„Ich glaube, ihr seid beide so weit", ertönte Johns
Stimme unter mir und ich sah auf ihn hinab.
Er schien als einziger von uns noch bei klarem Ver-
stand zu sein, auch wenn sein Blick deutlich von Lust
verschleiert war.
Auf Johns Drängen hin, stieg ich von ihm herunter.
Kais Hand verließ mich und hinterließ eine unnatürli-
che Leere. Stattdessen legte Kai sich auf den Rücken
und schob sich ein Kissen unter den Hintern.
„Hier." John hielt mir ein Kondom hin und nickte in
Kais Richtung. „Nimm dir seinen Schwanz."
Ich sah zu Kai, dessen Blick mich sogleich gefangen
nahm. Seine Augen strahlten eine intensive Lust aus,
die meinen Körper kribbeln ließ und mich in Bewegung setzte. John folgte mir, ich hörte Folie reißen
und erinnerte mich wieder an das Kondom in meiner
Hand. Ich riss es auf und befreite es aus der Verpa-
ckung, ehe ich es Kai über den Schaft stülpte.
Er stöhnte dabei unterdrückt auf. Dann schwang ich
mein Bein über ihn und stahl mir einen letzten Kuss,
bevor ich nach seinem Schwanz griff und ihn in Position hielt.
Langsam ließ ich mich auf ihm nieder und stöhnte auf,
als die Spitze des Schaftes meinen Muskel durch-
brach. Gleichzeitig spürte ich, wie John sich hinter
uns ebenfalls in Position brachte und sein Becken
näherkam.
Kai unter mir spannte sich an, erzitterte und ruckte
unkontrolliert, was ihn weiter in mich trieb und uns
beide keuchen ließ.
Einen Moment lang hielten wir alle still, gewöhnten
uns an das Gefühl, dann ließ ich mich ganz auf Kai

nieder und scheinbar stieß John hinter mir ebenfalls
zu.

Zumindest nahm ich das an, bei dem heftigen Stöhnen, das beide ausstießen.

Ich konnte kaum glauben, dass das hier passierte. Die
ganze Situation hatte etwas Unwirkliches und doch
waren die Lust und die unbeschreiblichen Gefühle, die
mir das alles bescherte, nicht zu leugnen. Es war einfach der Wahnsinn. Kais harter Schaft in mir und das
Wissen, dass er ebenfalls einen Schwanz tief in seinem Hintern hatte, brachten mein Denken völlig zum
Erliegen.

Und es wäre im nächsten Augenblick ohnehin vorbei
gewesen, als John mich aufforderte, mich zu bewegen.
Ich folgte seiner Aufforderung, bewegte mich auf
Kais Männlichkeit auf und ab, während John hinter
mir zustieß. Einen Moment brauchte es, bis wir einen
gemeinsamen Rhythmus gefunden hatten, der uns alle
um den Verstand brachte.

Ich war fast davor zu kommen, spürte bereits das be-
kannte Kribbeln durch meinen Körper rauschen, als
Kai seine Hand um meinen Penis schloss und ihn
kräftig rieb.

Der Laut, der daraufhin meine Kehle verließ, war eine
Mischung aus Stöhnen und Schrei und begleitete meinen Orgasmus, der nicht mehr aufzuhalten war.

Alles in mir zog sich zusammen, während mich Welle
für Welle überrollte und ich mich fest auf Kai presste,
den Kopf in den Nacken gelegt. Unter mir spürte ich
vage, wie Kai sich ebenfalls anspannte. Sein Körper
erzitterte und sein Schwanz zuckte in meinem Inneren.

Er hatte die Augen geschlossen, als ich auf ihn herunter sah, und sein Gesicht war in einer wilden Maske der Lust verzerrt.

„Verdammt, ihr seid unglaublich, wenn ihr kommt, wisst ihr das?", stöhnte John mir ins Ohr. Seine Lippen legten sich auf meine Schulter, sein Becken stieß ein weiteres Mal vorwärts und dann kam auch er.

Dass er mir dabei leicht in die Schulter biss, ließ mich erzittern und ich hatte das Gefühl, ernsthaft noch einmal kommen zu können. *Okay, vielleicht nicht jetzt gleich, aber später.*

Mit einem Mal spürte ich Johns Gewicht auf mir lasten, was mich dazu brachte, vornüber zu kippen und gemeinsam mit ihm auf Kai zu landen. Dieser brummte aufgrund unseres Gewichtes auf und öffnete sogar ein Auge, um uns anzusehen.

„Sorry ... ihr zwei ... habt mich fertig gemacht.", meinte John, versuchte, sich hochzustemmen, doch fiel nur wieder auf uns herab, was uns beide zum Brummen brachte.

„Du bist ein Idiot. Los auf die Seite", gab Kai zurück und bäumte sich unter uns auf, sodass uns nichts anderes übrig blieb, als von ihm herunter zu rutschen.

Woher hat er noch so viel Kraft? Ich habe das Gefühl, gerade so noch einen Arm heben zu können.

Nach gefühlten Stunden waren wir wieder aus dem Bett gekrochen. Ich fühlte mich immer noch total ausgelaugt, auch wenn ich zwischendurch kurz eingenickt war. Vermutlich hätte ich sogar weiter geschlafen, doch John und Kai regten sich irgendwann neben mir und obwohl sie meinten, ich könne ruhig liegen bleiben, schleppte ich mich hoch.

Es war mir unangenehm, in ihrem Bett zu schlafen, während die beiden nicht dabei waren. Generell fühlte ich mich ein wenig merkwürdig, jetzt, nachdem der Spaß vorbei war.

Soll ich bleiben? Oder gehen? Wir haben nicht darüber gesprochen. Verdammt, das hätten wir besser tun sollen.

„Alles in Ordnung, Chris?", fragte Kai, als ich aus dem Bad zu ihm ins Wohnzimmer kam.

Ich hatte mich wieder vollständig angezogen, während er weiterhin mit freiem Oberkörper entspannt auf der Couch saß.

„Ja, sicher. Ähm ... ich glaube ... ich mache mich dann mal auf den Weg."

„Hm, schon? Hast du noch was vor?"

„Nein, ich ... entschuldige. Ich will nur nicht weiter stören."

„Tust du nicht. Komm her. John kocht grade für uns."

Seine Aussage irritierte mich. Ich hatte nicht damit gerechnet, dass sie mich direkt rausschmissen, doch ich hatte nicht geahnt, dass ich hierbleiben könnte. Aber nachdem, was John mir offenbart hatte, hätte ich mir wohl denken können, dass sie mich eher einluden zu bleiben.

Mist, wie soll ich mich denn nun verhalten?

Ich entschied mich, vorerst auf unwissend zu tun, um
das Ganze auch aus Kais Perspektive zu erfahren.
Schaden kann es immerhin nicht, oder?
„Was hast du?", fragte Kai plötzlich.
„Ich ... entschuldige, versteh das nicht falsch, der
Dreier mit euch war geil. So richtig", antwortete ich
und setzte mich zu ihm aufs Sofa. „Aber was soll das
hier noch? Wir müssen nicht so tun, als wäre das hier
normal. Ich gehöre nicht hierher."
„Und wieso nicht?"
„Weil ihr zwei in einer Beziehung seid."
„Hör mal, Chris ... Ich weiß nicht, ob John das schon
erwähnt hat, aber wir haben dich echt gern", erklärte
Kai mit ernster Miene. „Wir hätten dich nicht gefragt,
ob du Lust auf so was hast, wenn es nicht so wäre."
Er seufzte. „Was ich damit sagen möchte, ist, dass wir
dich gern öfter hier hätten. Nicht nur für Sex. Sondern
als Freund und Partner. Ich weiß, dass ist etwas unkonventionell, aber ..."
Letztere Option ließ er offen im Raum stehen und zog
stattdessen nur die Schultern nach oben.
„Das ist wirklich euer Ernst?"
„Ja, allerdings", kam es von John, der mit einer
Schüssel voll Makkaroni mit Käsesauce in den Raum
trat, sowie drei Tellern und Besteck. „Das habe ich dir
doch schon erklärt."
Erneut völlig überrascht und überfordert sah ich zwischen den beiden hin und her. Ich konnte noch immer
nicht glauben, dass sie das ernst meinten. Dennoch
ließen sie an ihren Worten keinen Zweifel.
„Hör mal, Chrissy, du sollst ja nicht gleich hier ein-
ziehen", sagte John. Er stellte die Teller, das Besteck
und die Nudeln auf den Couchtisch und setzte sich zu

uns aufs Sofa. „Wir fänden es nur schön, wenn du über die ganze Sache nachdenkst. Also über eine mögliche Beziehung.“

Epilog 2 Monate später

„Chrissy, hast du alles?", fragte John, als ich zu ihm an die Tür meiner Wohnung trat. Ich nickte und sah ein letztes Mal den Flur entlang. Obwohl die meisten der Möbel noch in der Wohnung standen, wirkte sie ohne meine persönlichen Dinge leer. Unbewohnt.

„Ja, meine Sachen sind alle raus."

„Gut. Bereit?"

„Sowas von. Wo ist Kai?"

„Schon unten."

„Gut, dann los."

Ich folgte John aus der Tür, zog sie hinter mir zu und steckte den Schlüssel in meine Hosentasche. Ab jetzt würde ich nicht mehr hier wohnen und in ein paar Tagen kam ein erster Interessent für eine mögliche Mietnachfolge.

Nach unserem Dreier und den offenen Worten, was John und Kai sich wünschten, hatte ich ein bisschen Zeit für mich gebraucht. Ich hatte darüber nachdenken müssen, ob ich die beiden nur heiß fand oder ob da mehr war. Als ich sie einige Tage nicht gesehen hatte, wurde mir dennoch schnell klar, wie sehr mir die beiden Männer gefehlt hatten.

So hatte ich mich wieder bei John und Kai gemeldet und ihrer Dreiecksbeziehung vorerst zugesagt, jedoch trotzdem um etwas Zeit gebeten. Wir hatten uns daraufhin immer öfter getroffen, nicht nur bei ihnen oder mir zu Hause oder im NEON LIGHTS, sondern waren auch zusammen ausgegangen. Entdeckten eine gemeinsame Leidenschaft für trashige Komödien und stritten uns regelmäßig scherzhaft darüber, welches der beste Pizzabelag war.

Auch sonst lief es wahnsinnig gut, und damit meine
ich nicht nur den Sex, der jedes Mal wirklich atemberaubend war. Wir verstanden uns abseits davon ebenfalls blendend, und so war es gekommen, dass ich
bereits zwei Monate später meine Sachen gepackt
hatte und nun zu ihnen zog.
Unsere Beziehung war unkonventionell, das war mir
mittlerweile mehr als bewusst. Aber das war uns egal.
Wir waren glücklich, und zwar zu dritt.

~Ende~

Danksagung

Wow! Wir sind schon am Ende angekommen. Ich
hätte niemals damit gerechnet, dass ich mal so was
wie eine Danksagung schreiben muss. Schon gar nicht
für ein Buch. Aber hier sind wir nun. Neon Fates
Band 1 ist zu Ende und ich habe eine Zeit voller Ups
und Downs hinter mir.
Und nun muss ich danke sagen.

Also Danke! An alle die mich auf dieser Reise unter-
stützt haben. Es waren nicht viele. Und dann doch
mehr, als ich erwartet haben und vor allem Leute mit
denen ich nicht gerechnet habe, während andere, die
eigentlich auf meiner Seite stehen sollten, mich auf
den letzten Metern noch im Stich gelassen haben.
Danke, dass ihr da wart und es noch seid. Ihr seid
klasse. Ein paar von euch möchte ich aber besonders
erwähnen. Einfach weil ihr es verdient habt. *-*

Zum einen, möchte ich meinem Testleser ganz besonders danken. Alexej. Den ich ganz zufällig gefunden
hab, während ich für ihn Testgelesen habe. So tolle
und hilfreiche Kommentare und Anmerkungen habe
ich bisher noch nie zu einem Projekt von einem Testleser bekommen, wie von ihm! Vielen Dank dafür.
Ohne dich wären vor allem John und Kai jetzt nicht
die, die sie jetzt sind. ;)
Außerdem bist du ein wirklich lieber Mensch und ich
froh, dich kennen gelernt zu haben. Bleib so wie du
bist.

Und dann wäre da noch meine Lektorin und Korrektorin Sarah Nierwitzki, die mich davon überzeugt hat, dass diese Phase auf dem Weg zum eigenen Buch, nicht nur anstrengend und trocken sein muss, sondern mich mehr als einmal auch herzhaft zum Lachen gebracht hat. Und ganz abgesehen davon, auch einen super Job gemacht hat. Vielen Dank!

Außerdem wäre da noch Nina Hirschlehner, die das wunderschöne Cover für meine Jungs gemacht hat. Danke dafür. Es ist wirklich großartig und ich bin einfach nur hin und weg davon!

Und last but not least möchte ich euch danken. Euch Lesern ohne die mein Buch wirklich einsam wäre. Danke, dass ihr es lest. Ich hoffe ihr hattet spaß mit den Jungs und ich konnte euch mit ihnen ein wenig die Zeit vertreiben.
Ich freue mich schon darauf, euch meine nächsten Jungs im zweiten Band von Neon Fates vorzustellen. Bis dahin.